AF473183

CRITIQUE
DE LA TRAGÉDIE
DE
ROMÉO ET JULIETTE.

Par S. N.

Assuesce & dicere verum & audire.
Sen : Ep : 68.

A AMSTERDAM;
Et se trouve à Paris,
Chez MARCHAND, Libraire, près la Place des Victoires, rue Croix des Petits Champs.
Et chez les Marchands de Nouveautés.

M. DCC. LXXII.

CRITIQUE DE LA TRAGÉDIE DE ROMÉO ET JULIETTE.

MESSIEURS les partisans du Théâtre Anglais, vous venez de me témoigner, par de méchans Vaudevilles, (*) que mes réfléxions sur la Tragédie de M. D**** vous ont déplû ; j'en suis fâché : cependant à quoi bon mettre votre esprit à la torture pour me lancer de misérables

(*) On a fait courir deux Epigrammes au sujet de ma Lettre sur Roméo & Juliette. J'ai soupçonné, à leurs *pointes grossieres*, que ce pouvait être quelques *preux Compilateurs* qui ont cru qu'il était de leur honneur de venger M. D***. Je leur conseille de se dispenser à l'avenir d'un pareil soin, & de se mettre en tête qu'on ne résout point une question par des *facéties* mille fois rebattues.

brocards ? Laissés aux *grimauds* de l'Université le *chétif* amusement de *turlupiner*, & tâchés de vous accoutumer à raisonner sensément. Il est vrai que nous en serons étonnés, mais au moins la surprise sera agréable. En conscience, vous nous devés cette satisfaction : nous l'avons bien achettée par l'ennui que nous ont causé vos *fades* dissertations. Çà, parlons sans rancune. Qu'avez-vous à me reprocher ? J'ai fait une lettre sur Roméo & Juliette, où je ne suis pas d'accord avec vous ? Tant pis ! j'ai critiqué des situations que vous admirés ? Hé bien ! c'est une preuve que nous voyons différemment. Au reste, ce n'est pas ma faute si vous adoptés un genre que la partie la plus judicieuse de la Nation rejette d'une voix unanime. Consolez-vous néanmoins : il n'y a pas d'arrêt qui vous défende de vous *extasier* à des *beuglemens*, de même qu'il n'y a pas de Loi qui puisse nous forcer à entendre avec plaisir des cris *d'Antropophages*. Permis à vous de penser comme il vous plaira, & à nous d'en faire autant. *Quot Capita tot sensus*.

Vous vous plaignés, MESSIEURS, de ce que je ne suis pas entré dans le détail des défauts de la pièce, & vous imaginés que je serais embarrassé d'en faire l'analise. Vous vous trompés : il est facile de vous prouver qu'il n'a tenu qu'à moi de m'étendre d'avantage. D'ailleurs j'ai écrit ma Lettre de mémoire : je n'avais pas en main la Tragédie de ROMÉO, puisqu'il est vrai que c'est d'après la seconde représentation que j'ai hazardé mes remarques. Il faut vous contenter. Je vais vous mettre sous les yeux des fautes que, peut-être, vous n'avés pas voulu appercevoir. C'est, malgré moi, que je m'y résous; mais enfin vos *sarcassmes* m'ont obligé de revenir à la charge, & ne pourront jamais cependant m'empêcher de faire l'éloge de M. D**** par-tout où l'équité l'exigera.

Examinons d'abord quelques vers pris, au hazard, dans le corps de la pièce, & nous viendrons ensuite à l'ordonnance du poëme.

ACTE Ier. SCENE Iere.

FLAVIE A JULIETTE.

Quoi toujours votre cœur, occupé de ses craintes,
Du moindre évènement *recevra des atteintes!*

J'en appelle de ces deux vers aux défenseurs de la Tragédie de ROMÉO; s'ils peuvent me prouver qu'il ne sont pas désagréables à l'oreille & d'un mauvais stile, je me déclare ouvertement l'apologiste *du Siege de Calais* (*).

(*) Il y a eu peu de Poëtes aussi glorieusement récompensés que M. du B****. La ville de Calais, & le premier enthousiasme de la Nation ont immortalisé sa mémoire. Heureux dans le choix de ses sujets, & malheureux à la représentation de ses Pièces, il a eu la douleur

Juliette veut faire connaître à sa confidente, par le vers qui suit, qne Capulet est moins ébloui de la gloire d'un Guerrier, que de l'éclat d'une haute naissance.

Mais c'est du *sang* sur-tout, *du nom* qu'il est touché.

Etre touché du nom & du sang! Si je ne me trompe, cette construction de phrase tient beaucoup du *jargon* des Anciens Peuples de la *Gaule-Celtique*.

Roméo cependant, *sans asyle*, inconnu;
Echappé, *mais errant*, jouet de la misère.

Mais errant! Mais pourquoi mais? Cette conjonction adversative est absolument mal placée & n'est autre chose qu'une cheville. Au reste, qui dit *sans asyle*, dit un homme *errant*.

Qui, peut-être, irrité par quelqu'énorme crime.

Il ne faut pas serrer les dents pour prononcer ce vers: il ne serait pas plus *rabotteux*, quand il aurait été inspiré à M. D**** par *l'Auteur d'Aben-Said*. (**)

---

de voir, tour à tour, *le Siège de Calais*, *Gaston*, *Pierre le Cruel* s'éclipser de *la Scène* au risque de n'y plus reparaître. Ce dernier, sur-tout, s'est rendu sans aucune résistance. Quoiqu'il en soit, *la douceur & la modestie* de cet Ecrivain ont bien justifié l'honneur que lui a fait le premier Corps de la République des Lettres de le recevoir parmi ses membres.

(**) On pourroit appliquer à M. L'A*** le B**** ce vers de Juvenal, *Si natura negat, facit indignatio versum.* En effet, pourquoi forcer la nature? que chacun fasse

SCENE III.

ROMÉO A CAPULET.

. . . . Souffrés que, dans cet heureux jour,
De ces drapeaux, Seigneur, *vous présentant l'hommage*.

On dit faire hommage d'un Fief à un Seigneur; mais je ne crois pas que personne s'émancipe à dire, je vous présente *l'hommage de ces drapeaux*.

JULIETTE *à son Pere*.

Seigneur, j'avais pensé qu'en lisant dans mon ame
Le Comte *avait éteint* son espoir & sa flamme.

Avait éteint! cette rencontre de T n'est guères mélodieuse. d'ailleurs, *éteindre l'espoir* est une maniere impropre de s'énoncer, quoiqu'on la trouve dans *Rodogune*.

ACTE IIeme. SCENE IIIeme.

FERDINAND A MONTAIGU.

D'Ou vient ce désespoir *dans votre esprit troublé ?*

Ceci, par exemple, s'appelle courir après les

son métier! celui de *Rimeur* convient mal à un *Ecclésiastique*. Il est plus de son ressort de feuilleter la *Bible*, que de perdre le tems à *cadencer* des hémistiches.

mots. S'eſt-on jamais aviſé de dire à quelqu'un, *pourquoi avés-vous du déſeſpoir dans votre eſprit troublé?*

MONTAIGU A FERDINAND.

Ta Cour, tes Capulets, ton aſpect m'importune.

Ta Cour, tes Capulets, ton aſpect! Quelle ſacade! que cela eſt joli! Le reſte de cette Scène, équivaut à la nobleſſe de ce vers; c'eſt une diſpute poiſſarde, dans laquelle (comme l'a obſervé un homme de Lettres) le Duc de Vérone fait le rôle *d'un Commiſſaire de Quartier*.

ACTE IIIeme. SCENE IIeme.

ROMÉO A JULIETTE.

COMBIEN le Ciel ſur nous *répandra de malheurs!*

On dit, au figuré, verſer, répandre des maux, mais *répandre des malheurs* eſt une licence qui, je crois, n'aura guères d'imitateurs.

SCENE IV.

ROMÉO A JULIETTE.

A troublé dans mon ſein la nature éperdue.

Troubler la nature éperdue dans ſon ſein! ce pléonaſme eſt régulièrement complet.

ACTE IVeme. SCENE Iere.

FERDINAND A CAPULET.

C'EST la Patrie en pleurs *qui vous prie à genoux*,
Elle emprunte ma voix, *la refuserés-vous ?*

Le sens de ces deux vers est coupé par le dernier hémistiche qui est trop éloigné du mot *Patrie* auquel il est relatif.

SCENE V.

MONTAIGU A ROMÉO.

Ce qu'ils ont fait ! demande à tes malheureux frères,
Quand *la faim*, par dégrés, *éteignait leurs paupières*.

La faim qui éteint les paupières ! L'hyperbole est neuve ! J'avais toujours cru qu'on disait fermer, *& non éteindre les paupières*.

Je suis un malheureux qui se hait, qui s'abhorre,
Trop indigne à jamais du jour qu'il doit *flétrir*.

Flétrir le jour ! ô *Pétrone* ! Si tu pouvais revivre parmi nous, combien d'Auteurs seraient anéantis par ces traits mordans dont tu frappais ceux qui défiguraient la langue Romaine !

ACTE Veme. SCENE Iere.

JULIETTE *seule.*

DIeu ! *quel jour effrayant, dans l'épaisseur des ombres,*
Au sein de ces tombeaux, *répand ses clartés sombres* ! (*)

Un jour effrayant, dans l'épaisseur des ombres, qui répand ses clartés sombres ! Que signifie cet *amphigouri ?* Il faut que la verve d'un poëte soit terriblement échauffée pour se perdre dans des pensées aussi *gigantesques.*

SCENE II.

ROMÉO A JULIETTE.

. . . . . Ses bras, *par leurs caresses ;*
M'ont prodigué du sang les plus vives tendresses.

Des bras caressans prodiguer les tendresses du sang ! J'ignorais que la langue Française fût susceptible de pareilles tournures.

(*) Il est certains esprits dont les sombres pensées
Sont d'un nuage épais toujours embarrassées ;
Le jour de la raison ne le saurait percer.
Boil. Art. P.

ROMÉO A JULIETTE.

Un désespoir *tranquille* a passé dans mon sein.

Le désespoir ordinairement n'est pas *tranquille*. De toutes les passions qui affectent l'ame, c'est la plus violente, & celle qui l'agite avec le plus de force. Il est vrai que le trouble qu'elle excite peut n'être que *momentané*, mais jamais *tranquille*.

Voilà des fautes remarquables qui sont échappées à M. D**** dans la chaleur de sa composition. Un Écrivain, rempli de son objet, peut bien ne pas s'appercevoir de ces sortes de négligences : elles sont quelquefois le fruit d'une trop grande facilité ; mais le Public, qui est un Juge sévère, ne les pardonne pas à un Auteur, en considération de son enthousiasme.

Sæpè stylum vertas, iterùm, quæ digna legi sint scripturus.
HOR.

Sur-tout qu'en vos écrits la langue révérée,
Dans vos plus grands excès vous soit toujours sacrée!
En vain vous me frappés d'un son mélodieux,
Si le terme est impropre ou le tour vicieux ;
Mon esprit n'admet point un pompeux barbarisme,
Ni d'un vers empoulé l'orgueilleux solécisme.
Sans la langue, en un mot, l'auteur le plus divin
Est toujours, quoi qu'il fasse, un méchant Écrivain.

BOIL. Art. P.

Où sont les Auteurs de nos jours attentifs à mettre en pratique la vérité de ce précepte ? livrés à la fougue d'une imagination égarée, ils *griffon-*

nent continuellement, ſans conſulter ni leurs forces, ni les régles établies. Bouffis du ſuccès *paſſager* de quelques compilations, ils vont d'eux-mêmes ſe placer aux côtés des *grands Maîtres*. Tout ce qui ſort de leur cerveau eſt infaillible. (*) Si l'on s'en rapporte à eux, ils ont réfléchi des années entières, ſur le choix des termes, la convenance des idées, leur rapport, leur juſteſſe; enfin ils ont tout vu, tout médité, & on a l'*aveuglement* de ne pas s'appercevoir d'un travail auſſi louable! quelle injuſtice! Oui, Meſſieurs: on a tort de ne pas s'évanouir de plaiſir à la lecture de vos livres. On a tort de ſe récrier contre vos belles productions. Vos plumes fécondes n'enfantent que des chefs-d'œuvres. Pourquoi les cenſurer? Vous annoncés ſi modeſtement dans vos préfaces qu'on ne peut y rien trouver à redire. Il eſt de l'honnêteté de vous en croire. Quiconque vous critique a de *l'humeur*, de la *mauvaiſe foi*, & pas l'ombre du *ſens commun*, mais pour vous venger, renvoyés-nous au Poëme de M. du R***. *C'eſt un ſublime effort d'une rare imaginative*! (**) Arrêtons:

(*) L'ignorance toujours eſt prête à s'admirer.
BOIL. Art. P.

(**) M. du R***, connu d'un très-petit nombre de perſonnes, malgré ſon empreſſement à percer la foule, a donné au Public pluſieurs Pièces fugitives qui, dès leur naiſſance, ſont allées ſe *noyer* dans le *fleuve de l'oubli*. Il a fait auſſi les *Décius Français*, une des Tragédies les plus *groteſques* qui aient parues depuis ALEXANDRE HARDI, & le *Poëme des Sens*, Ouvrage tout à fait curieux par ſa ſingularité.

ſi je continuais, je pourrais rencontrer dans mon chemin quelques *plagiaires* qui ne me ſauraient pas bon gré de découvrir leurs vols ou leurs *bévues*. Je reviens à la Tragédie de M. D****. Ses talens le diſpenſent d'être confondus dans la claſſe de pluſieurs de nos Ecrivains, dont le ſeul mérite eſt celui d'ennuyer complettement. A la vérité, c'eſt toujours quelque choſe, & il faut convenir que ſur ce point il leur ſerait difficile de trouver des rivaux.

J'ai dit dans ma Lettre que le premier Acte eſt dialogué avec trop de monotonie : Je ne crois pas m'être trompé. J'ai blâmé la prolixité de l'expoſition du ſujet : j'ai eu raiſon. J'ai accuſé JULIETTE de nous faire bâiller par ſes *Jérémiades* : la plûpart des Spectateurs ſont d'accord avec moi ſur cet article, ainſi réſumons.

On entend, par monotonie, un défaut de variation dans le ſtile ou la voix; or le premier acte, en entier, eſt une ſuite de vers ſur le même ton; il a beaucoup de langueur & d'étendue, défauts qui ſeuls ſuffiſent pour hâter la chûte d'une Tragédie. Le ſujet qui, dans tous les drames doit être ſimple, clair, ſans ambages, eſt ici expoſé avec trop d'enflûre & de lenteur. On eſt averti de trop de choſes à la fois, & on ne l'eſt pas aſſés-tôt des principales.

> Fuyés de ces Auteurs l'abondance ſtérile,
> Et ne vous chargés pas d'un détail inutile.

Le rôle de JULIETTE eſt un amas de plattes

circonlocutions : tantôt pleureuse, tantôt raisonneuse ; il semble qu'elle soit convenue avec sa confidente d'occuper seules la scène pour faire des récits interminables. Quelquefois elle passe d'un tissu de *Lamentations* à des *Déclamations si emphatiques*, que l'on s'imagine entendre la *Sibylle* de *Cumes*.

La troisieme Scène, quoi qu'inexacte dans le développement, contient quelques tirades heureuses ; mais CAPULET est bien expéditif, en fait de négociations sérieuses, d'exiger de sa fille que dès le lendemain du jour arrêté pour l'hymen de son frère, elle donne sa main au Comte PARIS. Deux mariages coup sur coup ! c'est ne point perdre le temps. De la façon que CAPULET s'y prend, il aurait marié toute une Ville en vingt-quatre heures.

Puisque nous faisons remarquer les défauts, il est juste aussi de citer les endroits saillans. Telle est cette suite de vers dont les idées sont simples & touchantes.

JULIETTE, *à son Pere.*

Comptant sur mon respect, sur mon obéissance,
Vous n'avez pas, *Seigneur*, prévu ma résistance.
Si j'osais cependant, pour la derniere fois,
Élever jusqu'à vous une timide voix,
Je vous dirai, *Seigneur*, qu'à l'Autel entraînée,
Je vois, avec horreur, ce fatal hymenée ;
Que le trépas présent serait moins dur pour moi ;
Que l'aspect d'un époux qui vient forcer ma foi,

À qui je promettrais, dans mon ame infidelle,
Au lieu de mon amour, une haine éternelle.
Seigneur (*), voilà quels sont mes secrets sentimens:
Pour unir deux époux, le Ciel veut leurs sermens.
Le bonheur d'une femme est-il si peu de chose,
Que d'elle & de son sort, au hazard, on dispose?
Je sçais quels sont vos droits, je les connais trop bien.
Mais notre cœur lui seul est-il compté pour rien?

Ces quatre derniers vers méritent d'être retenus, tant la diction est naturelle & pleine de cette douce candeur qui pénétre l'ame.

La quatriéme Scène est intéressante par la commission qu'à reçue Roméo de résoudre Juliette à donner sa foi au Comte Pâris. Cependant j'aurais désiré que M. *Molé*, chargé de ce rôle, eût mis moins d'emportement dans son jeu. Était-il nécessaire qu'il s'abandonnât à des *transports convulsifs* pour rendre le sentiment? Ce n'est point par des fureurs qu'il s'exprime. Il est étonnant qu'un Acteur, aussi justement applaudi dans le Comique, s'opiniâtre, malgré sa délicatesse, à jouer dans le Tragique. On a vu *Baron* primer dans les deux genres; mais ce n'était pas un corps *diaphane*: il avait une bonne poitrine, & une prestance qui n'était pas empruntée.

Le second Acte est froid & mêlé de querelles indécentes qui ne servent qu'à éclairer le spectateur sur l'imbécille clémence du Duc de Vérone.

(*) Le mot *Seigneur* est trop répété.

Montaigu, comme je l'ai dit dans ma lettre, eſt moins un homme qu'un tigre, altéré de ſang. Toutes ſes réponſes aux queſtions du Prince ſont celles d'un furieux à qui les loix de la bienſéance & du reſpect ſont abſolument étrangères. Rien ne peut rappeller à la raiſon cet homme féroce : auſſi ſéditieux que *Catilina*, il ſe ſoucie peu de voir ſa patrie expirante, pourvû qu'il ſe baigne dans le ſang des *Capulets*; non moins cruel que *Néron*, il ſe déclare l'ennemi de la nature entiere, & ſe plaint de ce qu'un déluge de feu n'ait point embraſé la terre. Pourquoi cette odieuſe imprécation ? Quel mal lui a fait l'univers pour former contre lui ce vœu barbare ? Roger n'eſt plus : qu'a-t-il beſoin, après une révolution de vingt-cinq années, de le pourſuivre dans ſon innocente famille ? Il eſt inoui qu'un laps de tems auſſi conſidérable n'ait point diminué la haïne de *Montaigu*. Ah ! gardons-nous de montrer ſur la Scène ces images révoltantes : de pareils monſtres ſont faits pour inſpirer trop d'horreur.

La quatriéme Scène me ſemble filée avec aſſez d'adreſſe. Je trouve pourtant que *Roméo* eſt trop fidèle obſervateur de l'ordre que lui a preſcrit *Juliette* de ne pas ſe déclarer le fils de *Montaigu*. Leur reconnaiſſance eſt trop différée pour exciter le vif intérêt dont elle était ſuſceptible. La nature ne peut pas ſe déguiſer auſſi long-temps ; d'ailleurs il aurait été beaucoup plus glorieux à *Roméo* de céder aux cris du ſang qu'à la voix de l'amour.

Les ſoldats ſe ſaiſiſſent de *Montaigu* vers la fin

fin de cette Scène, & six vers plus bas, *Flavie* accourt toute éperdue, annoncer qu'un parti va le tirer de sa prison. Cette nouvelle est bien précipitée, car à peine *Montaigu* est-il hors de la salle du palais. Il est impossible qu'on ait eu le tems de répandre dans *Vérone* le bruit de sa détention, puisqu'il n'a pas encore eu celui d'être traduit à la Tour. Cela s'appele amener les incidens au coup de *siflet*.

Le troisiéme Acte est versifié avec chaleur, & ne laisse pas néanmoins d'être défectueux. *Juliette*, dans la deuxieme Scène, est mal-à-droite de dire à *Roméo* les vers suivans :

> Enfin, malgré l'éclat du plus ardent courroux,
> Le bruit d'aucun malheur n'est venu jusqu'à nous.

Où donc était *Juliette*, puisqu'elle ignore ce qui vient de se passer? Est-il vraisemblable qu'elle n'ait point connaissance de l'émeute qui s'est faite, pour ainsi dire, sous ses fenêtres? Il faut croire que, pendant ce vacarme, elle prenait l'air dans les environs charmans de *Vérone*; sans cela, elle aurait mauvaise grace de vouloir nous persuader qu'elle ne sait rien d'un pareil événement.

Flavie paraît dans la troisieme Scène, pour apprendre à *Juliette* que les amis de *Montaigu* l'ont sauvé de la Tour, & que *Thébaldo*, en défendant les jours de son père, a été tué dans la mêlée par un inconnu, qui s'est échappé aussitôt.

Voici un enchaînement de *cataſtrophes* qu'il aurait été difficile de prévoir. *Montaigu* traîné dans une priſon, & la porte de ſa priſon forcée au même inſtant : *Capulet* qui ſe trouve à l'heure même ſur le paſſage de ſon ennemi pour lui percer le ſein ; *Thébaldo* qui vole au ſecours de *Capulet* ſon pere, & *Roméo* qui vient *incognitò* poignarder ſon ami.

Ne dirait-on pas que les acteurs de cette révolte s'étaient donné le mot pour ſe réunir tous au même lieu, & dans la même minute ? Comment auſſi s'imaginer que *Roméo*, conduit dans *Vérone*, peu d'heures auparavant, aux acclamations de la victoire, n'ait pas été reconnu d'aucun des combattans ? Il faut donc ſuppoſer qu'il avait, en ce moment, l'anneau enchanté de *Gygès*. (*)

La quatrieme Scène eſt bien écrite ; mais *Juliette* pardonne trop vîte à ſon amant la mort de ſon frere. *Chimène*, dans le *Cid*, n'a pas la faibleſſe d'accorder la grace à *Rodrigue* avec autant de promptitude. On la voit, la douleur peinte ſur le front, ſe jetter aux genoux du Roi pour implorer ſa juſtice. Tantôt elle s'adreſſe à *Dom-Sanche*, tantôt à ſon amant lui-même pour demander vengeance de la mort de *Dom-Gomès*. Toutes ces alternatives ſont des reſſources de l'art qui tiennent adroitement le ſpectateur dans l'incertitude ſur ce qui doit réſulter, & ne ſau-

(*) Roi de Lydie qui, ſelon la Fable, avait un anneau dont la vertu le rendait inviſible.

raient manquer conſéquemment de produire un effet merveilleux.

Le Dialogue de la cinquieme Scène eſt vif, animé, & tel qu'il convient au ſujet. L'endroit où *Capulet* remet à *Roméo* le ſoin de ſa vengeance, eſt une ſituation intéreſſante. *Cours*, dit-il, *lui percer le ſein.*

Mon ami, mon vengeur, c'eſt dans toi que j'eſpère.
Vois ces cheveux blanchis : vois ces larmes d'un père.
Tes exploits, ces drapeaux *atteſtent* ton grand cœur.
Il eſt, dans ton deſtin, de revenir vainqueur.
Mon bras, ce bras tremblant que trop d'ardeur anime,
En prodiguant ſes coups, manquerait ſa victime,
Va trouver Montaigu : qu'il meure ! & dans ces lieux
Apporte-moi ſon cœur palpitant à mes yeux.
Ne preſcris point de borne à ma reconnaiſſance ;
Je t'adopte pour fils, adopte ma vengeance.
Va, parts, combats, triomphe, & revolant vers moi,
Si mon fils eſt vengé, je le retrouve en toi.

Cette tirade eſt d'une noble ſimplicité : il y a de l'ame, de l'expreſſion, & beaucoup de rapidité.

La ſixieme Scène eſt inutile : heureuſement elle ne contient que huit vers.

Le quatrieme Acte eſt, ſans contredit, le meilleur de tous. *Capulet* cependant y joue un mauvais rôle : la promeſſe qu'il fait à *Montaigu* d'une amitié inviolable, ſuit de trop près la mort de ſon fils. J'ai été fâché de voir un père auſſi promptement conſolé, & il m'a paru bien confiant d'oſer donner tout de ſuite, une pleine autorité dans ſon palais au *Siphon* de ſa famille.

La description que fait *Montaigu* de ses infortunes, est pleine d'énergie, & digne du Théâtre Grec.* C'est un morceau qui vaut seul à M. D**** les plus grands éloges. Quand on est capable de produire de pareilles beautés, on est malheureux de les ensevelir dans une piéce mal intriguée. Quoique le *Dante* & *Shakespear* aient beaucoup fourni à l'Auteur, il n'en est pas moins louable d'avoir sû les traduire heureusement. Je ne citerai de la cinquieme Scène qu'une douzaine de vers dont l'application m'a frappé. *Montaigu* répond à son fils qui tâche de le consoler de la perte de ses frères.

La raison, Roméo, vient vîte à ton secours.
Ce n'est pas dans ton sang qu'ils ont puisé leurs jours;
Ton cœur donne à leur perte une pitié légère:
Tu ne sens pas pour eux des entrailles de père.
Ces frères que tu plains, tu ne les venge pas:
Leurs mânes gémissans n'assiègent point tes pas.
Malheureux *Capulets*, vous paîrés tous ces crimes;
Mais je prétends, sur-tout, voir souffrir mes victimes.
Dans leur sein déchiré, je lirai leurs douleurs:
Dans le fond de leurs yeux j'irai chercher leurs pleurs.
Qu'un *Capulet*** me plaise, avant qu'on m'attendrisse!
Oui, sur eux, sur eux tous remplaçant ta justice,
Je te le jure, ô ciel! ces bras ensanglantés,
Leur rendront, s'il se peut, les maux qu'ils m'ont prêtés.

(*) On aurait cependant desiré que le Poëte eût tiré le rideau sur certaines atrocités qui répugnent à la Nature.

(**) *Qu'un Capulet!* C'est avec douleur que je vois des noms si peu faits pour la Tragédie placés au milieu de quelques vers heureux.

Le cinquieme Acte, que j'ai appellé une *Lanterne Magique*, est si détestable, qu'on pourrait se dispenser d'en rendre compte ; tout y est extravagant, & farci d'une infinité d'appareils lugubres qui peuvent plaire sur le Théâtre de *Londres*, mais qui ne sont rien moins que ridicules en France. Nos yeux ne s'accoûtument point à de pareils tableaux, & les spectateurs judicieux seront toujours choqués de voir un Prince tenir conseil sous des *voûtes sépulcrales*. *Ferdinand* est un *bon-homme* qui, jusqu'au bout de la pièce, soutient mal la dignité de son rang. Il ressemble plutôt à un *Sénéchal de basse Jurisdiction*, qu'à un *Duc de Vérone*.

La seconde Scène est un mélange de faux raisonnemens qui ne signifient rien. Je voudrais savoir, par exemple, pourquoi *Juliette* s'avise de prendre du poison, & prétend prouver que cela était indispensable. Quelle nécessité de se donner la mort? c'est vouloir finir en *Héroine de Roman*. Je pardonne plus volontiers à *Roméo* de se poignarder. Il est dans l'ordre des affaires de cœur qu'un amant ne doit point survivre à sa Maitresse. C'est la règle. Quoiqu'il en soit, le spectateur est un peu rassûré de cette *double catastrophe* par la certitude où il est que ces généreuses *victimes* sont tombées si doucement qu'elles n'ont pu se faire mal.

La dernière scène est un *pot-pourri* incompréhensible ; tout y est d'une *déraison absolue*. *Le Duc* perdu au milieu d'une foule de peuple a l'air d'une *marionette* qui n'agit que par des *fils d'archal*. La réponse de *Montaïgu à Capulet*, qui recule épouvanté à l'aspect de sa fille étendue au pied du cercueil de *Thébaldo* est digne d'un *Caraïbe* (*) *Laisse-moi*, dit-il, *voir expirer ta fille*. Quel plaisir barbare ! oui, je le répète : des caractères aussi monstrueux devraient être entièrement proscrits de la Scène, & ne peuvent que la déshonorer.

FERDINAND, *termine la pièce par ces deux vers.*

Peuple, qu'un monument conserve à l'avenir
De vos justes regrets l'éternel souvenir !

Quelle chûte ! pourquoi cette application au peuple ? ne valait-il pas mieux adresser quelques vers à *Montaigu & à Capulet*, afin de donner le tems au spectateur de contempler la consternation de ces deux ennemis ? la toile tombe avant qu'on ait eu le loisir de s'appercevoir de leur affliction, ni d'apprendre l'effet qu'à produit la mort de leurs enfans. Tout le monde demande, en sortant, ce que deviendront *Montaigu & Capulet*. On est en peine si leur haine subsiste encore. En un mot, la pièce finit, sans que l'on sache rien de ce qui est le plus essentiel à savoir.

D'après l'examen que nous venons de faire, on ne peut nier que la Tragédie de M. D**** ne soit bizarre dans tous ses points de vue. Le sujet d'abord est mal exposé : le nœud qui doit être

(*) Sauvages de l'Amérique qui mangent leurs ennemis.

vif, eſt traînant & trop chargé d'événemens. Le coup de Théâtre eſt manqué, le dénouement pitoyable, ou, pour mieux dire, il n'y en a point.

Meſſieurs les *Épigrammatiſtes*, êtes-vous ſatisfaits ? Vous m'avés demandé un compte fidèle, je crois vous l'avoir rendu. Dirés-vous encore que je n'ai critiqué la Tragédie de *Roméo*, que pour avoir le plaiſir méchant d'être Cenſeur ? Vous voyés que, dans les occaſions où il était de la juſtice de citer les beautés, je l'ai fait avec exactitude. Je n'ai ni flatté les endroits faibles, ni déguiſé les ſituations intéreſſantes. Mieux que vous, peut être ; je ſais admirer M. D**** partout où il ſe montre avantageuſement. Croyés-moi Meſſieurs : moins de *perſiflage* & plus de raiſon. Je ne vous fais point un crime de répondre à des argumens ſolides par des plaiſanteries *ſurannées* ; mais je vous avoue, de bonne-foi, que j'ai pitié de vous voir *ſuer ſang & eau*, pour atteindre aux ingénieuſes ſaillies de *Piron* dont vous voulés être les *ſinges*. Il eſt défendu à la *cigale* d'imiter le vol de *l'aigle*. Cependant prenés courage : à force de crier, on pourra s'appercevoir de votre exiſtence.

Après avoir parlé de la nouvelle Tragédie imitée de *Shakeſpéar*, il eſt naturel de dire quelque choſe des Comédiens. M. D**** leur a de grandes obligations. Chacun d'eux s'eſt ſurpaſſé dans le rôle dont il était chargé *M. Briſart ſurtout*, a étonné par la variété & la chaleur de ſon jeu. Il n'eſt pas poſſible de mettre plus de juſtesse & de vérité dans la déclamation. Mademoiselle *Sainval* a rempli le personnage de *Juliette* avec sentiment. Cette Actrice fait tous les jours des progrès visibles. Cependant on peut lui reprocher un défaut, c'est d'être quelquefois *grimaciere*, & d'appuyer sur les R devant les consonnes. Ce dernier article mérite d'autant plus d'attention que la plûpart de nos *Tragédies modernes* étant écrites *avec dureté*, il est bon de leur prêter un peu de douceur, en coulant légèrement sur les R. M. *Dolinval*, doué d'un bel organe, ne met pas assés d'action dans son jeu. Il est froid & monotone. Son geste est souvent forcé, ses bras trop roides. *M. Monvel* paraît saisir assés bien ses rôles ; mais il aurait besoin de s'attacher spécialement à mieux articuler. Il semble n'être pas maître de sa voix : ordinairement elle est sourde, & ses vers expirent, pour ainsi dire, sur ses lévres. Je ne parle point des autres Acteurs qui ont figuré dans la pièce ; il y a long-tems que le public les a jugés selon leur mérite.

Avant d'achever ce qui regarde les Comédiens ; je suis charmé de leur faire une observation sur un objet qui n'est pas indifférent. La plûpart d'entr'eux sont trop distraits, lorsqu'ils sont sur la Scène. Les uns font, mal à propos, *des Pantomimes*, les autres ne prêtent point assés d'attention aux récits où ils sont censés prendre part. Cela pourtant n'est point à négliger. L'acteur ne doit rien perdre de tout ce qui se dit. On doit lire sur son front les différens mouvemens qui font fuppofés l'agiter ; quoiqu'il ne faffe qu'écouter. Les Comédiens ne fauraient donc obferver trop fcrupuleufement cette régle du Théâtre qui concourt effentiellement à compléter l'illufion. On ne peut auffi recommander trop fouvent aux Actrices de ne pas promener leurs regards fur les loges. Que demandent ces yeux jettés, par diffipation, de côtés & d'autres ? des applaudiffemens ? Le parterre en eft prodigue. Je ne les foupçonne pas de chercher des courtifans ; tous *les Petits-Maîtres ambrés* qui fe piquent de belle paffion, font empreffés à leur rendre des hommages ; c'eft à qui volera le premier *au foyer* ramper amoureufement aux genoux de ces *Divinités*. Les Comédiennes font des *Idôles* que, quoiqu'il en coûte, on eft toujours flatté d'enrichir, & que l'on encenfe encore de loin, après s'être ruiné à les parer.

Meffieurs les Beaux efprits, voilà des obfervations dont le ftile fimple & ingénu pourra donner une nouvelle matiere à vos plaifanteries. Tout ce qui n'eft pas *guindé* vous paraît *plat* & indigne de vos fuffrages ; mais au rifque de n'être pas fur vos *tablettes*, j'ai ofé parler fans *figures*. Une critique n'eft point un ouvrage d'éloquence ; c'eft un *expofé* qui doit être naturel & dépouillé de toute efpèce d'ornemens. Si la méthode unie avec laquelle j'ai traité ce fujet n'eft point de votre goût, j'en fuis confolé d'avance.

Les Louangeurs de Roméo & Juliette m'accuferont, peut-être, d'avoir été trop minutieux dans l'examen que je viens de faire de cette Tragédie : toutefois il eſt évident que je n'ai inſiſté que ſur les endroits abſolument défectueux. J'ai voulu démontrer que le plan de cette Tragédie eſt mal deſſiné, & qu'il s'y trouve pluſieurs fautes contre la pureté de notre idiôme. Je n'ai pas dû diſſimuler de pareils écarts. La langue eſt déjà aſſés maltraitée. Si l'on ne s'oppoſe au torrent avec fermeté, nous riſquons de retomber inſenſiblement dans la barbarie du quinzieme ſiècle. Oſons donc prévenir la décadence des lettres, en exhortant les Auteurs à polir leur ſtile. Combien de Pièces applaudies au Théâtre par l'art des Acteurs, ſont inſoutenables à la lecture ! que les Poëtes, jaloux d'une réputation durable, travaillent leurs Tragédies avec ſoin ! s'ils ne veulent pas en prendre la peine, qu'ils aient, du moins, la bonté de nous donner une Grammaire raiſonnée de leur langage, afin que nous puiſſions les entendre.

. . . . . Autrefois *Molière* était plaiſant ;
Il ſut nous égayer, mais en nous inſtruiſant.
Le Comique *pleureur* aujourd'hui veut ſéduire,
Et ſans nous amuſer, renonce à nous inſtruire.
. . . .
Je n'aime point Thalie, alors que ſur la Scène,
Elle prend gauchement l'habit de *Melpomène*.
. . . .
Molière en rit là bas, & Racine en ſoupire.
Il ne peut ſupporter l'inſipide délire

De tous ces plats Romans mis en vers boursouflés,
Apostrophes aux dieux, lieux communs empoulés,
Maximes sans raison, nœuds d'intrigues bisarres,
Et la Scène Française en proie à des barbares.

Voltaire dans les deux siécles.

Écoutons encore *M. de Voltaire*, dans son siécle de *Louis XIV.* article *Campistron.*

Il y a, dit-il, des choses touchantes dans les pièces de Campistron : elles sont faiblement écrites ; mais, au moins, le langage est pur, & après lui on a tellement négligé la langue dans les pièces de Théâtre qu'on a fini par écrire d'un stile entièrement barbare.

Vous voyés, Messieurs les prétendus *Coryphées* de la carrière Dramatique, que je ne suis pas le seul à m'élever contre vos vers *archi-tudesques*. (*) le chantre de *Ferney*, a prononcé avant moi, votre condamnation ; qui de vous oserait

(*) On peut reprocher à nos Poëtes Latins la même dureté dans leur versification ; témoin ce *Distique* qui appartient à l'eau, un des quatre élémens représentés, depuis peu, en *figures* sur le frontispice du nouvel Hôtel de la Monnoie.

Ast ego lympha, rudes squalenti e viscere glebas.
Usque sequax, puris abluo fluminibus.

Uusque squax, que cela imite bien le *croassement* d'un corbeau !

Usque sequax, puris abluo fluminibus.

Dirait-on que c'est là un vers *pentamètre* ? Il faut réel-

appeller de ſon jugement ? en vain la baſſe jalouſie cherche à faner ſes lauriers. En vain l'on s'efforce d'inſinuer *qu'Oedipe*, *Tancrède*, *Zaïre*, *Mérope*, *Mahomet*, *la Henriade* ne ſont que des *étincelles* d'eſprit. Avant de perſuader un ſemblable paradoxe à l'Europe ſavante, il faut dabord anéantir toutes les loix du génie. Exaltons *Pompée*, admirons *Athalie*, cela eſt juſte; mais n'ayons pas l'ingratitude d'oublier que nous courons, avec plaiſir, répandre des larmes à la réprésentation de *Z ïre*.

Adieu Meſſieurs : tranquille dans mon petit obſervatoire, je ne crains ni vos traits ni vos libelles. Vous vous donnés, la plûpart, bien du tourment pour faire paſſer votre nom à la poſtérité ; mais ſi vous ne devenés riches qu'à proportion de *l'excellence* de vos ouvrages, vous riſqués d'être,

---

lement en être averti pour ſe l'imaginer. Cependant de pareilles *miſères* ſont gravées ſur le marbre comme des choſes précieuſes. Quand donc nous corrigerons-nous de cette manie ? eſt-ce que les Romains mettaient de *l'Hebreu* au pied des ſtatues qu'ils élevaient aux grands hommes de la république, ou au bas de ces fameux obéliſques dont quelques-uns fixent encore aujourd'hui l'attention des voyageurs ? Voyait-on les Grècs placer des inſcriptions *Syriaques* ſur la *facade* des édifices publics d'Athènes ? pourquoi ſommes-nous moins ſages que ces peuples ? ne renoncerons-nous jamais à nos *préjugès Gothiques*, & au fol orgueil de paraitre *érudits* ? hélas ! parlons *Français* à nos concitoyens, & ſouffrons que chacun d'entr'eux apprenne, ſans le ſecours d'un *interprète*, à quel deſſein on a érigé tel & tel monument qu'on admire.

toute la vie, aussi indigens que Codrus. (*) Adieu, plus de querelles : je vous souhaite honneur & profit. Que voulés-vous de plus ? souffrés aussi que toujours amis *de la vieille & bonne nature*, nous ne soyons ni *Anglomanes* ni *Loups-garoux*.

Digression sur les Chérusques.

Ce n'est point ici le lieu de parler de *Chérusques*. Une dissertation, à ce sujet, ne doit point se trouver confondue avec la critique *de Roméo & Juliette* ; mais je ne saurais dissimuler qu'il a paru clairement, à la manière dont les Comédiens ont joué cette nouvelle Tragédie, à la premiere représentation, que l'Auteur n'est pas dans leurs bonnes graces. Ils n'ont rien épargné pour accélérer la chûte de sa Pièce. Tous les spectateurs en ont été frappés, & n'ont pu voir, sans indignation, *l'esprit de cabale* qui les animait. A l'exception de Madame *Vestris* (**) & de M. *Brisard*, les autres Acteurs se sont distingués par une impertinence outrée. Il est singulier que ces *Messieurs* prennent la licence d'humilier, à leur gré, les Écrivains qui n'ont pas l'avantage de leur plaire, ou le moyen de les fêter magnifi-

---

(*) Poëte Latin dont l'indigence a passé en proverbe.

(**) On pourroit dire de *Madame Vestris* ce que Cicéron a dit de *Roscius*. *Elle a tant de talens pour le Théâtre qu'elle ne devrait jamais en descendre, & tant de probité qu'elle n'aurait jamais dû y monter.*

quement. De jour en jour il devient plus important d'instruire *ce petit aréopage* de l'immensité de ses devoirs, & de lui ôter spécialement le droit *abusif* de peser à sa balance le mérite des Auteurs. Pendant que *ce Tribunal* décidera des Ouvrages de Théâtre, on peut s'attendre à n'avoir que des productions faibles, & soutenues par le crédit. On a des exemples que cette *coterie* a refusé, par humeur, par complot, ou par défaut de connaissance, plusieurs Drames dont il aurait été possible de tirer un parti avantageux. Le moyen de ne pas donner lieu à ces sortes d'inconvéniens, & de couper pied à toutes les voies *de brigues*, c'est de préposer à la lecture des Pièces, un certain nombre de Poëtes distingués dans le genre Dramatique. Chacun alors serait obligé de châtier ses ouvrages, persuadé qu'ils subiraient l'examen de personnes qu'on ne saurait tromper, & à qui l'honneur défendrait d'être partiales. En un mot, il n'appartient qu'aux hommes de Lettres de juger les Littérateurs.

Un Comédien honnête est digne, sans doute, à tous égards, d'occuper un rang dans la société: l'en exclure est une tyrannie ; mais toutes les fois qu'il s'oubliera, on ne voit plus en lui que le *Comédien*, & l'on est forcé dès-lors à le faire rentrer dans sa sphère. Que les Acteurs & les Actrices songent donc à remplir, *avec décence*, les fonctions de leur état ! Qu'ils se souviennent que jouer *dédaigneusement* une pièce qu'il dépend d'eux de faire valoir, c'est manquer tout enſemble à l'Auteur, & au Public qui les honore de ſa préſence ! Je ne m'explique point ici en homme intéreſſé à défendre M. B****. Nous ne nous ſommes jamais vus. Je ſais ſeulement qu'à plus d'un titre on lui doit de la conſidération.

Voilà, *Meſſieurs les Comédiens*, une légère digreſſion qui mortifiera un peu la vanité de vos ſentimens. Vous aimés trop à dominer pour écouter *docilement* l'avis que je vous donne. Cependant il eſt bon à ſuivre. Plus déſormais de manœuvres : rendés à chacun ce qui lui eſt dû : dépouillés-vous de ce caractère *deſpotique* que vous affichés avec tant d'inconſéquence, & laiſſés-là cette *morgue* odieuſe qui fait que l'on ſe plaît à *fouiller* dans votre origine. Enfin, rappellés-vous qu'étant *aux gages* du Public, vous lui devés aſſés de reconnaiſſance pour ne pas lui donner le moindre ſujet de ſe plaindre de vos procédés.

FIN.

a Monsieur Baron de la
part de l'auteurs.

www.ingramcontent.com/pod-product-compliance
Ingram Content Group UK Ltd.
Pitfield, Milton Keynes, MK11 3LW, UK
UKHW021207230726
13926UKWH00001B/356